すもも

sumomo * Buringuru

ブリングル

文芸社

夜と朝と
暖かい雪とこごえる太陽と
あふれる泉と乾いた大地

そんなものすべて

あなたのうえにふりつもるものもあなたのもとへとさしのべるものも
強いものも、はかなげなものも

そんなものすべて

そんなせかい

さぁ・・・・おめざめ

ブリングル

すもも

すもも

すもも、すもも、すもものおしり
あおくてちょっぴり甘ずっぱい
おしり、おしり、すもものおしり
おおきくなあれ

たいこ、たいこ、たいこのおなか
はちきれそうにブンブンなってる
おなか、おなか、たいこのおなか
元気になあれ

ひみつ、ひみつ、ひみつのこぶし
いいものいっぱいつまっているのね
こぶし、こぶし、ひみつのこぶし
力強くなあれ

幸せいっぱいつかみとれ

こどものからだは宝箱です。

かわいい人

かわいいお人の名前を呼ぼうよ
かわいいお人の名前を呼ぼうよ
かわいいお人の名前を呼ぼうよ
ほら、こっちにやってきた♪

かわいいお人とお風呂にはいろう
かわいいお人とお風呂にはいろう
かわいいお人とお風呂にはいろう
あっ、おしっこちーだ (;^_^)

かわいいお人とお散歩しようよ
かわいいお人とお散歩しようよ
かわいいお人とお散歩しようよ
ね？　みんなが笑ってる (^―^)

あなたのかわいい人はだれですか？

六月のかえる
六月のかえる
夜飛びだす
僕おどろく
ぎゅよろろ　ぎゅよろろ

六月のかえる
雨ふりだす
んと、よろこぶ
しとぴと　しとぴと

六月のかえる
もう七月
また来年
ぽこてん　ぽこてん

「ぽこてん ぽこてん」と最後にかならず大笑いでよろこびます。

かぜひきこぎつね

こんこんこぎつね、おかぜをひいた
かあさんあわてて、電話した
きつつきせんせが、やってきた
注射をとんとんとりだした

こぎつねビックリにげだして
かあさんこぎつねおいかけて
せんせがとうとうつかまえて
チクリと注射

こぎつねどんどん、元気になった
かあさんよろこび、ほっとした
きつつきせんせに、ごほうびに
おいしいボンボンもらった

お医者にいくとかならず「ちっくんは？」と心配そうにききます。

あ　ひ　る

背高のっぽのあひるさん
ぎよぎよ泣いてる後ろ姿を
信号機の黄色い色が心配そうに
見つめてる

ふりふりおしりをふりもせずに
小魚たちがあきれてる
横目で見ていたうなぎのおやじ
こんばんは　ちょうちょ

世界じゃいろいろあるらしくても
あひるが悩むことはない
小さな池じゃ住みがたいけど
大したことじゃない

赤になったら渡らないでください。

今年の海はどんな「アジ」？

海へ！

海へいこうよ、さえちゃん！
海へいこう！
去年とは「ヒトアジ」ちがう海だよ？

ポコリコおなかにおにあいの
虹いろのビキニで
お砂をけりたおして走ろうよ？

ママとパパがやっとこ掘った
さえちゃん専用海水プール
今年の夏から卒業するよ?!

ぱしゃりぱしゃりと波をたたいて
日本海を制覇しよう!!

海は強い、でも、君もなかなか強い
ハンデのついたオムツはさよなら
ぷちぷちボディで勝負しよう！

ママも負けずにかけだしていく
雲と空のワンピース
ふたりで夏を悩殺しちゃおう！

まんとぉまん

おちりのかわいいお嬢さんまんとぉまん
ちりについてる蒙古斑《もうこはん》
プレミアつきの大成功
あたちはいつでも絶好調
だってあたちはまんとぉまん
あぁん　ああぁん　まんとぉまん

むちむちお肌は誰のためなの
ぷりぷりおちりは誰のものなの
おみくじつきのムーニーマン
はずれをひいたら・・・・くっさー（涙）
だってあたちはまんとぉまん
うんがが　んがが　まんとぉまん

こうなったら止まりません。

リセット禁止。

プレイヤー？

どんな国の人よりも不思議なことばで
わたしを混乱させるのね
怒っていることはわかるけど
何が原因なのかしら？

見つめあうだけでわかりあえるなら
こんなに苦労はしないのよ
つながりあっていれば迷わないなんて
そんな話は無意味《ナンセンス》

史上最大の育成ゲーム
本当はどっちがプレイヤー？
２人をむすぶコントローラーは
ちょっと行きづまり

返品不能のＲＰＧ
いつだって２人がプレイヤー
２人でつくるストーリーは
マルチエンディング?!

HAPPY BIRTHDAY SONG

ろうそくにねがいごと
4つともいっぺんに消せるかな？

プレゼントは食べてから（笑）
パパとママと歌おうよ
HAPPY BIRTHDAY SONG

ケーキには君のなまえ
去年はまだ読めなかったのに
不思議だね

歩んでくその小さな姿、嬉しくて
一緒に歌おうよ
HAPPY BIRTHDAY SONG

本当にあっという間です。

だけど、いつの日か
パパとママじゃなく
たいせつな人と過ごす時がくる
君にも・・・・ね？

でも今はまだ、その小さな手を守りたいから
これからも歌おうよ
HAPPY BIRTHDAY SONG

君のために
歌いたい
HAPPY BIRTHDAY SONG

草原を風がかすめていく
まだ見ぬその先の風景に
ひとり焦がれ想いめぐらす

洗い濯がれるように
その流れに身をまかせる
融けあい、そして駆けめぐる
両手をひろげ

向かい風　心強くなる
追い風　力を信じる
たつまきにのって登りつめていく

風

力を与えてくれます。

水面をなでる妖精の櫛
壊れそうな軽やかさに
いつも憧れ夢見ていた

抱かれるままに
その中につつまれて
幼いままのように委ねていく
母のように

そよ風　愛してる
涼風　清められてく
大風　強くあれと吹きつけていく

戦うママ

今日も今日とてほんじゃまかと
お皿はひっくりかえされた
中身をひろう頭上から
麦茶の洗礼

昨日は昨日でやってくれた
水たまりのど真ん中（うへっ！）
隙見ていきなり逃げだすから
おしり丸出しよ

まじできれそう　なぐりそう
かわいい笑顔にブレーキを踏む
かわりの矛先はいつもパパ
弱者が犠牲になってます（笑）

負ける時もあります。

大学時代に習ったはずの
児童発達心理学
妊娠時代に買いまくってた
育児・出産・マニュアル本

うるさい年寄りものともせず
うざいライバルも後目《しりめ》に
素知らぬふりでがんばっても
味方にやられる時もある（涙）

まじできれそう　失踪しそう？
知識も理性もブレーキにならず
やるか、やられてしまうのか
ほんとこっちが泣きたいくらい

まじできれそう、あきらめそう
理想も理論も放り出せ！
だけど、ギュッとしてチュッとしてくれるなら
すぐに仲直り♪
本当は愛してる？
本当に愛してる?!
本当に愛してる!!

笑顔

かくれんぼが好きなんだよね

とびらの陰からはんぶんのおめめ

見つかると大喜びで逃げだしていく(それじゃ鬼ごっこだよ(笑))

おいちおいちの1．2．3！

まんまるく転がっていく笑い声

君のほっぺにサクランボ色のキッスを見つけた♪

時々かじります♪

イチゴ大好き姫様だよね

両の手のひらいっぱいかかえて

口の中にだって3つはとじこめてる(誰もとらないって(笑))

はぐ　はぐ　はぐ　はぐ　72回!?

上々のリズムにしてやったりの微笑み

君からこぼれる蜜は部屋中満タンとろけていくよ

おちりんがー

おちりんがーがなっている
んがーんがーとなっている

どこでなっているの？

そら　さえちんのおちりで

ちりぐるいのままがあわててはしりよる

ちりふきちりふきどこにある
ちりぐるちりぐるあぁくさい（涙）

おちりおちりおちりんがー
あぁあぁあいしゅうおちりんがぁー

泣きたいときもあります。

ぽ よ ん ぴ ー

おちりおちり
ぽよんぴー
おちりおちり
ぽよんぴぷー

おつむおつむ
しゅぼぼのぼ
おつむおつむ
しゅぼぼのぼんぼ

おてておてて
うぷしゅぷぷ
おてておてて
うぷぷのぷぅ

とってもまじめです。

こども

身体全体に思いきりみなぎらせて
喜びに似あった太陽の光を

はるか昔の種族たちが
命にはらう敬いのすべてがそこに

君たちは喜びを結晶にかえて
惜しげもなく
苦しみもなく
世界中にふりまく

やがては訪れるだろうものの思う嵐にも
今はただ潔く身をゆだねて
光の中を進む

突然降りかかる災いや
涙と恐れを抱く時代も
年とともに手に入れる
はかりごとや保証ではなく
君たちはただ混じりけのない羅針盤で
温かなぬくもりに船を向ける
どんなに大きな生きものよりも
強い力を手のひらにこめて
今はただ疑いない愛を紡いで
明日の先へと進む

その光はどこまでも降り注ぎます。

道

時々ママは
ここからいなくなってみたくなる
ママが「ママ」じゃなくなるために

もう一度巻き戻して重ね撮り
突然来た道を戻りたくなるの
置いてきたのはたくさんの夢のカケラ

それでもあなたがいることが
どんなことよりもたいせつだから
元来た道を戻れないの

次またこの道でここに咲いている花が
あなただという保証がないから
次に訪れたとき降り注ぐ光が
あなたのぬくもりだとは限らないから
戻ることはできないの

あたしが授かった命
あたしの魂
それに背を向けることだけは
絶対にできないの

それがときに呪縛になることもある
苦しいほどに、引きちぎられそうに
ママが「ママ」じゃない夜に見る夢
逃げだしたくなる夜

けれど手のひらに伝ってくるぬくもり
かかえきれないほどたくさんのものをくれたね

一緒に行こうかこの道を
そうだね、少しずつ歩んでいこう
ママは「ママ」でよかったなと思う朝
愛と夢につつまれ目覚める朝

やっぱりよかったなと思うのです。

ガイア

乳のあふれるその乳房
天を抱きしめ
身体に刻みし
血のたたかい
唱えてよ
まじないの詞《ことば》

肌をいろどる羽根飾り
大地を踏みしめ
腰元であやつる
太古のリズム
聞かせてよ
原始の鼓動

神とあがめられた時代があったのです。

命

ほら、この傷がそう、
見てごらん
守るために傷ついた痕
そう、この攣《つ》れがほら、
触れてごらん
出会うために奪われた傷

ごらん、わたしたちよ、闇の中でも
温かい海のむこうへ
ほら、感じるでしょう
長い長い痛みをくぐりぬけてやっと手に入れた
これがわたしたちの戦いの傷

奪うために戦い、手に入れるために戦う者よ
けれど、わたしたちは戦う
この世界の全てを与えるために

ごらん、わたしの命よ、こんなに強く
あなたを感じて甘く疼く
ねえ、忘れないでね
遠い遠い夢を織り重ねてやっと手に入れた
それがあなたたちとの出会いの傷
それがわたしたちの戦いの傷

この世で一番尊いもの。

百歳《ももとせ》

幾重にも重なり合いやがてひとつに導かれる
積もりゆく言の葉もかすんでただ一筋の流れとかわる
刻まれたその温もりをわたしに重ね合わせて
去りゆくその時でさえもそのまま息吹いてゆく、いつまでも

度重なる教えもこぼれ出ることもなくなり
ただ微笑むためだけに結ばれている
右回りに時が動いても流れは穏やかなままで揺りかごをゆらす
旅立つその夜でさえも次の朝迎えゆく、何世でも

そんな風に歳を重ねあえる夫婦になっていきたいと思うのです。

Uターン

おふくろ！元気にしてるか？
明日かえるぞ
なぁ、おふくろ？

よめさんを
つれてかえるぞ
びっくりしないで
ふとんだしとけよ？

なんだ、心配するな、おやじ
俺にまかせろ
なぁ、おやじ？

配達だって俺にまかせろ
免許もとったぞ
無理すんな、もう歳なんだ
店番たのむぞ

ま～そういうことさ
よろしくな

春になったら
ひとり増えるぞ
面倒かけるぞ

なんだ泣くなよ
ごめんな
これからは一緒に暮らそう

１０年たってやっと気づいた
一緒に暮らしたいって
そう思ったんだ

だから、明日かえるぞ、おふくろ
そうさ、待ってろ、おやじ
明日の３時にゃそっちに着くぞ
待っててくれよ
なぁ、おふくろ？
なぁ、おやじ？

…って素直に言えたらなぁ。

今日もゆく

また今日もひとり
会社を去って
明日は我が身か？と
誰もが思う

そいつの分も
荷を背負いながら
机にむかって
俺は今日もゆく

人員削減
選択の余地なし
家族サービス中止
休日返上

上司の手前
いやいやサービス残業
帰れば消えている
家の灯り

起こさないように
寝顔さえ
見られずに

暗闇でするする
味気ない
鮭茶漬け

それでもやっぱり今日もゆく

ボーナスカット
金穴で禁酒・禁煙
いつも昼飯は
単独行動

並盛りまたは
平日半額
黙ってかみしめ
また今日もゆく

経費削減
省エネにエコロジー
言い方変えたって
中身は一緒

微々たる昇給
びびっている減給
開き直るだけさ
家族のため

月並みだって
かまわないじゃないか
ささやかでもそれで
いいじゃないか

君らの寝息が
穏やかで
安らかで

暖かな部屋が
平和なら
それでいい

それでいいのさ
それがパパなのさ
君の未来のため
ああ、今日もゆく

今日の痛みの
犠牲にならない
君の未来のため
そうさ、今日もゆく

ネクタイ締め直して今日もゆく

遠ざかる背中にせつなくなる朝8時。

おとうさん

きっとその瞬間には涙を見せないだろうね
だけど、手を添えた腕は少し震えているはず
誰よりもその時を待ち望んでいてくれた、でも
誰よりもその時を恐れていたのも、ほんとでしょ？

この道を送り出してくれる、大きくて少し古ぼけた手が
わたしを高く高く空に抱き上げてくれた頃を忘れないよ
ありがとうだけでは足りない心、ヴェールの下に
想いは祭壇へと続くよ

たいせつに育ててもらったのです。

花束を渡したときにもまるで変わらぬ素振り
だけど、握った彼の手に残っていた指の跡
誰よりも厳しい手に逆らってきたりもした、けど
誰よりも辛抱強く手をさしのべてくれてきたこと、知ってたよ？

この道を送り出してくれる、大きくて少し古ぼけた手が
わたしを高く高く空に抱き上げてくれた頃を忘れないよ
ありがとうだけでは足りない心、祈りにかえて
想いは未来へと続くよ

この道を送り出してくれる、懐かしい温かい手が
わたしを大きな大きな愛でつつんでくれたこと、嬉しかった・・・・
ありがとうだけでは足りない、だけど、ありがとう
ほんとにありがとう
おとうさんありがとう・・・・

迷子

夜が
やってきた
少しずつ
空が
ほんの少し
低く
おおいかぶさってきた
街の音だけが
横へ
横へと
幅広く
波紋を打つ

転んだ膝小僧
オレンジ色のまあるい灯り
やさしく訊ねてくれる手
だけど
のどの奥の
かたまりが
邪魔をする

名まえも
いえなくて
心ぼそい
気持ちが
声に
ならなくて
涙に
かわる

白い蛍光灯が
静寂を
押しつける
かなしくて
うずくまる
背中
そうして

どこからともなく
はりついた
背中のぬくもり
気づくと
聞き慣れた
ほんのすこし
おこりんぼうの声と
やっぱりすこし
おこりんぼうの顔
だけど

ほんとはとっても
やさしい胸に
顔をうずめる
熱いものが
とけだして
僕の袖と
おかあさんの胸を
ぬらしていく

とてもあたたかくていいにおいがするのです。

けんか

けんかはダメよ、とさえちゃんがいう
ママの頭に手をのせていう

ごめんね
ごめんね
指切りしたのにね

笑ってママ、とさえちゃんが微笑む
ママの手を優しくにぎって微笑む

ありがと
ありがと
元気になれたよ

ホッとしたのか、さえちゃんが泣く
ふるふると肩を揺らして泣く

ごめんね
ありがと
もう大丈夫

とてもかないません。

熱

たまにはこんなのも悪くない
ほてった額にひんやりタオル心地よい
洗い立てのシーツの香り
パジャマのままでタオルケットにくるまる
つけっぱなしのテレビと大好きなまくら
いつもよりちょっとだけ小さなこどもに
弱ったからだを労ってあげて

暖かい部屋、イチゴ、レモンシャアベット
ママの作った野菜スウプ

つい甘えてみたりして。

シーツ

ママと約束をしたあの夏の
夜
ベッドの中
洗い立てのシーツに守られていた
わたし

空港から帰って
一緒につくった
コロッケ
大好きなコロッケ
４つ
食べた

ママはわたしに
「好きなときに会いにいっていいのよ」と
よくできた笑顔にキスをそえる

わたしはシーツにくるまり
ほんとうはどっちでもよかったし
ほんとうはすこしむずかしかったんだけど
よくわかったふりをした

だいじなことはそんなことじゃなかった。

見送った飛行機の行き先も
明日からはじまる
ママの新しい仕事も
どちらかというとどうでもいいことで

それよりもみえちゃんと
明日は遊べるかなと
考えていたはず

今日のコロッケおいしかったと
髪をなでるママの手はひんやりしているなと
考えていたはず

パパは
あのきれいなガラスの灰皿をもっていってしまったのかしらと
考えていたはず
洗い立てのシーツの中で

せかい

積み上げられたおびただしい立方体
４本の辺と９０度の幾何学に囲まれている

ときどき逃げだします。

扉

かごの扉はいつひらいたの？
知らなかったよ
空へ、いつも眺めていた果てない空
飛べるよ、ねえ見て飛べるよ

ああ、けれど何て息苦しいんだろ
あんなにこの空のことばかり
想い暮らしてきたはずが

かご、そう、かご
もう一度見下ろす、かご
かご、ああ、かご
まだそこにある、かご

羽を畳んで、もう一度扉をくぐるよ
わかってるよ
ずっと、ずっとここにいるよ
ずっと、ずっと
どこへも、もう、どこへも

かごはまだそこにいます。

ナミダの海

お母さんは僕を閉じこめる
アイシテイルカラ
僕はお母さんを喰い殺す
イキルタメニ

血がいっぱいだ

カナシイ・カナシイ・カナシイ

かごの中に僕はしまわれる
オカアサンハヤサシイ
かごから出るとお母さんが
ボクヲコロシニヤッテクル

ナミダの海に沈めよう

クルシイ・クルシイ・クルシイ

スキナノデタベマシタ。

今日ね、図工の時間に絵を描いた
今度の母の日に贈るママの絵を描いたんだ
杉本君はママがいないから家族みんなの絵を描いていた

僕だけ再提出
明日までの宿題になった
僕ねちゃんとママの絵を描いたんだよ
でも台所のママはいつも背中だけ
顔のないママ

後ろ向きのママの絵

母の日

休みの日
休みの日のママは光る昼で
すごく機嫌よさそうに笑って
ほんのすこしお酒の臭いがする
まるで「おんな」の人みたいだね

僕は部屋で机にむかう

だから休みの日のママの顔は見ない
だから休みの日のママの絵は描かない

だからママの絵は描けない

朝起きて
朝食が用意されているテーブルで
ママの背中を見る

学校から帰ってくると
夕飯の用意をしているママの背中が
塾へ行くように命令する

帰ってきても誰もいないキッチンで
ラップのかかった夜食

だから平日のママの絵は描けない

ママは僕の顔を描けるでしょうか？

プレゼント

今日はママの誕生日だから
珊瑚の指輪をおこづかいで買った
ありがとうってママは言ってたけど
きっとその指にははめない
去年の母の日にあげた七宝焼きのブローチ
それもお蔵入り

一昨年のクリスマスには
パパにはネクタイ
ママにはママがほしがっていたキッチンタイマー
ありがとうってママは言ってたけど
後で泣いてたのを僕は知ってる
それはうれし泣きなんかじゃなくて
パパのプレゼントよりも
ずっとお手頃だったことと関係があるらしい

おしゃれなネクタイ
実用的なキッチンタイマー
「なんでもいいのよ」って
言っていたくせに
よくわからないけど
大人には値段って大切なことらしいから
一万円と千五百円は同じことにはならないらしい
とても難しい

ママを喜ばせるプレゼントを考えるのは難しい
ママがほんとうに欲しいものはなぁに？
ママってとても難しい

握りしめたこぶしに
ママの顔が映るよ
たたいちゃだめよ
たたいちゃだめよ
かわいい人だから
昔むかし
ちいちゃなわたしを
たたいたあの顔に
わたしも似てしまったのかしら

顔

身体中がいたい・・・・。

涙と鼻水
腫れあがったまぶたとくちびる
「いたいよママ、なんで痛いことするの？」
ごめんね
ごめんね
かわいい人なのにね
昔むかし
ちいちゃなわたしも
やっぱりこんな顔を
していたかしら

昔むかし
ちいちゃかったわたしのことを
おもいだして
わすれないで

酔っぱらいの星

酔っぱらいの星
首を絞めたら
笑いくるって死んだ
でも流れていかないの
酔っぱらいの星

思いきり絞めたのに。

未来にあやまれ。

比較級

「昔は」と懐かしそうな目で話す人
「今は」と残念そうな目で話す人
比べられてもぼくらは困ってしまう
時の間に比較級をおいたりしないで
「今」は「今」
「昔」は「昔」
いいこともわるいことも

自然

東京には「自然」がないと人はいう
東京に上京した人が
東京ではたらく人が
東京には「自然」がないと口にする

東京には「自然」があると私はいう
東京を好かない人に
東京を知らない人に
東京にも「自然」はあると私はいう

家を出てすぐの路地に雨の晩ひょっこりと現れるがまがえる
暑い夏の昼下がりに洗濯物を干すベランダから飛び込んできたかなぶん
近所のお寺の境内からゆるやかに漂う沈丁花の香り
坂道をのぼってたどり着いた公園で霜柱を踏むこどもの声がする

東京は水と空気が汚れていると人はいう
ネクタイを締めて煙草を投げ捨てながら
　東京は住むところではないと人はいう
エレベーターでお年寄りを押しのけた後に

　何かに憧れてきた人が、何かから逃れてきた人が、たくさんすむこの街で
いろいろなものを失った、いろいろなものが姿を変えた、この街で、この国で
　なげくのではなく、あきらめるのでもなく、ただ
　やっぱり東京にも「自然」はあると私はいうのです

八幡様でこどもたちが桜の嵐の中、お弁当をひろげています
　深大寺の公園のつつじの花は今が盛りです
　庭に埋めたぎんなんが、びわの種が芽を出しました
うれしそうにお水をあげる小さいわたしのこども

そんなものは「自然」ではないという人がいる
そんなものが「自然」とはと哀れむ人がいる
ふるさとを離れて東京に押しかける人がいう
今とくらべては昔の東京をなつかしむだけの人がいう

けれども東京で生まれ、東京で育った私は聞く
今もこの東京で無邪気に育つこどもたちの母である私は聞く
あなたのいう「自然」とはなんですか？
ほんとうに「自然」はもうないのでしょうか？

急ぎ足の大きな革靴の間をぬってちいさな瞳が
街路樹の根元にどんぐりを見つけた
井の頭公園からの帰り道うれしそうに差し出すちいさな手に
にぎられていたよもぎでつくった草だんご

そんな風景をよろこぶ、ちいさな瞳があって
そのちいさな瞳を守りたいと願うおおきな手があって
ほんのすこしでも慈しむまなざしがあるのなら
東京にも「自然」はあるとわたしはいうのです
この国には「自然」があるとわたしは思うのです

シロツメクサの花束をありがとう。

風の音、足下を洗う
子守歌を習おう、この子のために

土の味、指でたどる
ゆりかごをつくろう、この手に抱こう

水の色、身にまとう
力を与えよう、命のみわざで

福音

神様が宿っているのです。

おねんね

おとぎの国へやってきます。

ねむねむの夜だよ
ふんわかぷんぷん浮かんでくるよ
おしりが浮いてふんわかぷー
傘をさして飛んでいこう
とろとろとんとのしょぼしょがくるよ
あたまがでんぐりがえしで
からくり屋敷
なめくじとかたつむり
でもってぬめぬめと昇っていく

甘い雲を千切って口にとかして
夜のやわらかい色をお空で待っていよう
ゆりかごの居心地がすごくいいから
今とっても幸せなんだよ
のんのんのんとしてぎゅっとしてよ
うきゅっとしぼられておいしいミルク
焼きたての甘あまだよ
そいでもってあむあむとつめこんでいく

守護

だいじな人、だいじな人、お眠りなさい
夜の夢も、朝の夢も、みんな清めてあげるから
最初に目覚めた朝を、なによりも、なによりも、ずっと忘れないように

かわいい人、かわいい人、お目覚めなさい
お日様も、お星様も、みんな集めてあげるから
最初の夜の揺りかごで、いつも、いつも、守ってあげられるように

いついかなるときもです。

ここに、お絵かきをしましょう。

おしまい

著者プロフィール
ブリングル
東京都出身。

すもも

2002年7月15日　初版第1刷発行

著　者　ブリングル
発行者　瓜谷 綱延
発行所　株式会社 文芸社
〒160-0022　東京都新宿区新宿1-10-1
電話　03-5369-3060（編集）
03-5369-2299（販売）
振替　00190-8-728265

印刷所　株式会社 平河工業社

ISBN4-8355-4130-8　C0092